이상한 나라의 샐러리

오광석

시인의 말

지친 하루 일과를 끝내고 술을 먹다가
토끼를 잃어버렸다

술향 가득 핀 얼굴로
같이 주정 떨던 미친 토끼

둥둥 떠다니던 문들 사이에서 사라져 버렸다
수많은 문들 중에 어디로 들어갔을까
미친 토끼는

토끼가 튀어나올 문들을
하나 둘 열어 놓는다

2021년 10월

오광석

이상한 나라의 샐러리

차례

1부 천의 얼굴을 가진 루트

3부 삶은 아름다워요

4부 희미하게 빛나는

해설

1부
천의 얼굴을 가진 루트

샐러리맨

시곗바늘이 위아래로 기지개를 펼 때 활동을 시작하는 그를 언제부턴가 사람들이 이렇게 불렀네 샐러드와 맥주를 좋아해서 부르기도 하고 슈퍼맨과 인척지간으로 여겨 부르기도 하는데 보통사람과 확연히 다른 특성을 가졌네

매일 동일한 행동을 반복한다던가 하루 두 끼만 먹는다던가 두드러지는 건 활동하는 동안 소모되는 에너지로 스트레스를 생산하네 과잉 생산되어 재고가 쌓이면 간혹 발작이나 우울증세 등 기이한 행동을 보이기도 하지 효과적으로 움직이는 동안은 재고가 쌓이기 전 담배나 커피를 에너지로 전환하여 재충전하네 며칠에 한 번은 알코올을 대량 섭취하여 쌓인 스트레스를 녹이거나 토해내어 말끔히 비우기도 하네

가끔은 초인적인 힘을 발휘하기도 하네 며칠을 잠을 안 자기도 하고 불가능한 미션을 완료하기도 하며 위기상황이 오면 다른 이들을 살리기 위해 거리로 나서네 우

리 사회에서는 불가능이란 없는 능력자로 여기는데 천
의 얼굴을 가진 건지 딱히 누구라고 지칭하기가 어려운
그는 어디에든 나타나네

루트

아들이 밥을 먹으며 루트를 물어본다 순간 멍하니 아들과 눈을 맞춘다 루트 이놈은 도대체 어디서 나온 표기인가 밥을 먹다 말고 루트의 기원을 거슬러 간다 가난한 사내가 복권으로 재산에 재산을 곱한 만큼 받아 흥청망청 썼을 테지 그러다 사기 당해 다시 가난뱅이로 돌아가면 반복할 가난을 견딜 수 없어 낭떠러지로 향할 테지 한심한 그가 낭떠러지 앞에서 지난 세월을 후회하며 눈물을 흘리는 그림을 기호로 표기했겠지 아니면 거대한 부자가 가난한 사내의 머리 위에 채무의 무리수 모자를 씌운 거지 돈을 제곱하여 벌어야 겨우 벗어날까 가난한 그는 신분 상승을 못 해 다시 바닥으로 돌아가라는 기호인지도 몰라 아! 그 기원은 자본주의 역사인가 봐 루트의 역사는

이상한 나라의 샐러리
—이상한 나라의 앨리스(1865, 루이스캐럴)

모자장수는 미치광이지
고부라진 혀로 나는 보잘것없는 모자장수에 불과해*

고장 난 시계를 보며 차를 마시네
어제와 다른 시간에 어제와 같은 시간을 보며
우아하게 차를 마시네

시간은 되돌아가지 쓰다 쓰다 돌아봐도 변하지 않는
시간 끝없이 반복되는 일상들 시계바퀴 속에 갇혀 살아
가는 샐러리맨 귀를 길게 늘여 쫑긋거리며 살아가지 똑
같은 시간에 네모난 파티션 속에 앉아 두 눈이 충혈되도
록 네모난 모니터를 바라보지 사고 접수지만 줄줄 뱉어
내는 복합기와 민원인의 고함만 토해내는 전화기 사이
미쳐 가는 샐러리맨 미치광이 모자장수처럼 고장 난 시
계를 가지고 있지 똑같은 시간에 로또 줄을 서야 해 기적
이 일어나면 반복되는 고장 난 시간 속에서 벗어날 수 있
어 불가능한 걸 이루는 유일한 방법은 가능하다고 믿는
거야*어제 같은 오늘 다른 내일을 기대하며 차를 마시지

고장 난 시계를 보며 차를 마시네
시간을 멈출 수만 있다면 고장 난 시계라도 좋아
반쯤 미쳐 살아도 좋아
내 기분은 내가 정해 오늘 나는 행복으로 할래*

*『이상한 나라의 앨리스』에 나오는 대사를 일부 차용함

스팸의 하루

빽빽한 건물들 사이로 가는 햇살이
원룸 창문으로 눅눅하게 들어오면
오늘도 어제처럼 가공된 하루가 시작돼요
축축하게 세수하고 저렴한 스킨 내음 풍기는
매끈한 얼굴로 도시로 나가요
반듯한 사람들이
건물로 사무실로 들어가는 게
반듯하게 가공된 스팸들이
프라이팬과 레인지 속으로 들어가는 모습이죠
풋풋한 파처럼 생감자처럼 살고 싶었지만
네모난 스팸으로 살아가는 우리
모난 구석은 다 쳐내고
네모나게 만들어져 대량생산되는 하루여
매끈한 몸으로 하루를 살아가다
달궈진 해가 꺼지면
프라이팬 같은 사무실에서 튀겨져 나와
물렁해진 채 포장마차 한구석에서 썰리는 우리
살내음 풍기며 유혹하던 시절

생고기처럼 붉어진 얼굴로 만난 우리

가공되어 튀겨진 채로

포장마차에서 찬 소주와 함께 섞이고 나면

잠시나마 생생한 시절로 돌아가

씹히는 맛

스팸의 하루가 저물어 가요

KOI—406.04

거문고자리에는 케플러-160이 반짝여요 그 주위를 도는 KOI-406.04에는 사람들이 살아요 동그란 눈과 뾰족한 귀를 가진 사람들이 살아요 녹색의 옷을 입고 거대한 나무 위에 녹색의 마을을 만들고 살아요 가지와 가지 사이에 작은 가지로 만든 배다리 그 위로 잎으로 만든 도로와 열매로 만든 차를 타고 오고 가는 사람들 동글동글한 얼굴에 반달 같은 눈웃음을 지으며 인사하는 사람들 케플러-160 햇볕을 쬐며 이파리 위에서 늘어지게 한잠을 자는 날들 명퇴 노년 걱정 없이 나무가 주는 일을 하며 웃는 날들 생명의 나무 위 선한 사람들 사이에 살고 싶어 우주 개척선을 만드는 꿈을 꿔요 경적 소리만 시끄러운 당산동 삭막한 콘크리트 건물 네모난 일곱 평 원룸 창문 밖으로 희미하게 반짝이는 별을 보며 날아가는 꿈을 꿔요

따뜻한 북극해

가끔 북극항로를 여행하네
하루가 고단하고 지칠 때
시린 바다로 떠나는 거야
그리 어려운 건 아니야
깊은 동해를 거슬러 올라
사할린섬 꼭지에서 동쪽으로
오호츠크해를 건너야 해
캄차카반도 남쪽 끝을 돌아
다시 북쪽으로 거슬러 올라가면
대륙과 대륙 끝이 만나는
베링해협을 지나지
정북방향으로 키를 잡고
항해를 하다 보면 마주치는
부서져 떠다니는 거대한 빙하
둥둥 떠다니다 녹아 사라지는
얼음들을 헤쳐 항해를 하네
그리 춥지는 않아 북극의 바다는
사고 접수지가 쏟아지는

재난 같은 하루 일과를 끝내고
드러누워 바라보는 북극의 바다는
사방이 막힌 원룸 같은 배 안에서
노곤한 항해사는
항로를 탐색하다 잠이 드네
긴 항해의 날들을 꿈꾸는
밤의 항해사는

슈뢰딩거의 고양이

살아 있는 세계와 죽어 있는 세계가 겹친
상자 속 보이지 않는 공간

아옹 나는 살아가요
보이지 않는 공간에서 세상 높은 곳까지
뛰어 올라가는 꿈을 꾸며 살아가요
아옹 팍팍한 살림 얇다 못해 너풀거리는 급여
좁디좁은 원룸 속
하루하루 생활비의 확률을 계산하는 당신과 나는
같은 세계에 살고 있을까요
아옹 부자는 아니더라도
좁은 공간에서 나갈 수만 있다면
곁에 있는 죽음이 나를 껴안고 살아도 좋아요
아옹 사실 죽었을지도 몰라요
이미 부패하여 살가죽 하나 없이
골분만 남아 사라졌을지도 몰라요
세상에 확실한 건 없지요
상자를 열지 말아요

인생은 나만의 것
내일을 바꾸는 선택을 해야겠어요
상자에 구멍을 내야겠어요

살아가기 위해 연산을 해야 해
확률을 구해야 해
오늘도 밥을 먹기 위해 좁은 세상을 돈다네

아무르강의 물결* 소리가 들려왔지

감정 섞인 욕설들이 흐르는 네모난 파티션 공간에서 북쪽으로 여행을 떠나고 싶을 때 음악을 틀고 눈을 감지

후드를 쓰고 거친 타이가숲길을 걸었지 나뭇잎들 사이로 찔러 오는 날카로운 햇살이 몸을 관통하면 흐린 그림자가 흘러내렸지 후드 깊은 곳에서 솟아오르는 숨소리 아네스 바르다의 모나처럼 헝가리 집시처럼 걸었지 빛나는 물결을 꿈꾸며 침엽수림 사이를 지나 아무르강가에 닿았지

나만의 혁명을 일으키고 싶었네 아무르강가에 지폐를 불쏘시개 삼아 모닥불을 피우고 싶었네 시베리아의 밤바람을 느끼며 웃으며 잠들고 싶었네 노래를 부르던 어부는 사라지고 고기잡이 배 한 척 보이지 않는 강가 은빛 물결은 사라지고 없네 주저앉아 퍼져 가는 황혼을 보네 지평선에 불그스런 석양이 걸릴 때 시베리아의 바람을 그리워하네 강가에 앉은 외로운 철새가 되네

강 너머 동쪽에서 불어오던 바람이 멈췄을 때 눈을 떴지 날선 풍경이 눈을 태워 날리지 여전히 콘크리트의 숲에서 출구를 찾아 헤매고 있지 아스콘의 강에 차가운 철의 부유물들 방향타 잃어버린 선원들이 갇혀 떠다니고 있지 검붉은 해가 저물어 가고 있지

*막스 큐스가 작곡한 러시아 노래

이상한 나라의 폴

　홀로 당산역 앞 원룸에 갇혀 오래된 만화를 보았지 주인공은 오픈카를 타고 다녔지 그래서 늘 산발머리를 하고 다녔지 그의 미라클카는 사실 중고차야 시간을 멈추는 요정 팟쿤을 가지고도 현실의 그는 가난했지 요정 팟쿤이 배급해 주는 건 소모성 일회용품 그래도 늘 피에로처럼 웃었지 사차원 세상 통로를 독점하고도 자본의 생리를 알지 못했지 던지면 백발백중 맞히고 돌아오는 무서운 딱부리 요요까지 가지고도 지배자가 되지 않았지 부잣집 엄친아 애인 나나를 사랑하면서도 늘 서민으로 살았지 나나를 빼앗아 간 사차원 최고 권력자 근육질의 거대한 쾌남 대마왕을 증오했지 그리하여 사차원 세상에서 테러리스트가 되었지 소중한 나나를 지키기 위해 일으킨 그의 혁명으로 대마왕을 물리치고도 군림하지 않았지 사차원의 권력을 무너뜨린 그는 사차원 세상을 해방시킨 후 현실로 돌아와 가난한 인생을 다시 시작했지 하! 이상적인 사회주의자였나 자본의 세상에서 돈도 권력도 마다한 그를 다시 보며 나는 울고 있지 돈의 주름 속에 묻혀 버린 손으로 얼굴을 감싸고 울고 있지

껌 파는 소녀

강남역 지하상가
신분당선 길목 계단에 앉아 있어요
조그만 좌판을 널어놓고
오가는 사람들을 구경하고 있어요
누군가 고개를 돌려 보면
껌을 내밀어요
둥글게 말아 앉은 색 바랜 담요
주름진 얼굴은 세월의 탓이 아니에요
팔지 못한 껌
벌지 못한 시간
앞으로 살아갈 남은 날들이
쭈그러들어 얼굴에 모여 있어요
지나치는 사람들의 얼굴은
반질반질 윤이 나네요
또각거리는 구두 굽은 높기만 하네요
출구는 보이지 않는데
어디선가 바람이 불어요
사방이 막힌 공간인데

차가운 바닥이에요

아무도 머물지 않는 자리

좌판을 펴 놓은 채

주저앉아 사람들을 구경하는 날들

말없이 껌을 팔아요

시간을 벌어요

사람들이 쓰다 남은 시간들을

적선하듯 떨어뜨려요

그 시간들을 받아 빳빳하게 펴면

주름진 날들도 조금씩 펴져요

닥터C

통증으로 덜덜 떠는 환자
리프트 위에 올려놓고
매서운 눈으로 진단한다

불규칙한 심장 박동을 들으며
환자의 가슴을 열어
속을 헤집어내는 손에는
마법처럼 검은 기운이 모인다

환자 옆에 늘어놓은
무시무시한 연장들
능숙한 조작으로 가슴속을 짜맞춘다
손에서 나오는 기운이 닿을 때마다
환자의 떨림은 잦아든다

마지막 조임을 하고 나오는
손은 검게 물들어 있다
닦은 얼굴에도 검은 얼룩이 번져 간다

안정을 되찾은 환자
스패너를 들고 웃는
검은 손의 의사

집으로 가는 길

해가 미처 떠나지 못한
독산동 거리는 한 폭의 그림이 되었다
공장 건물 뒤로 연붉은 석양이 칠해졌다
몰려나오는 사람들이 순례자들처럼
식당가로 걸으며 성스러운 풍경화가 그려졌다
그가 그림 속에서 서성였다
검푸른 점퍼에 손을 끼운 채 한 식당 앞에 박혔다
기계의 내일을 위해 윤활유를 부어 주는 일은
늘 그의 몸에도 적용시켰다
집으로 돌아가는 길은
항상 출근하는 길보다 짧았다
얼큰하고 경쾌한 귀가가 끝나고
좁은 원룸 속에서 지친 몸을 뉘었다
누워서 바라보는 원룸 창문은
커다란 캔버스 끈끈한 유화 같았다
그림 속에서 돌아온 그는
가위로 달을 잘라 반만 걸어 놓았다
나머지 반은 잘게 부숴 별 알갱이로 만들었다

어두운 거리 사방으로 달았더니
별 빛나는 밤거리가 되었다
거리에서 그는 늘 고향 집으로 돌아가고 있었다
그림 속에서 집으로 가는 길은
즐거웠으나 끝이 나지 않았다
고향 집 문이 보일 즈음
아침 햇살이 창문을 덮쳐 와
눈부시게 그림을 지워 버렸다

대파군

천하 쟁패로 팔팔 끓어올랐던 전선이 소강상태에 있
다 각 군세가 란군의 개입으로 잠시 진정되자 세력 판도
가 명확해진다 천하의 구석으로 몰린 파군은 쉽사리 세
력을 회복하지 못하고 있다 면군과 란군의 기세가 명백
한 지금 이 기세를 꺾지 못하면 파군은 영원히 가라앉을
수밖에 없다 절명의 상황을 타개하기 위해 투입되는 건
역시 파군의 최정예 부대 적들의 후방에 곧바로 덮치는
거대한 몸집을 자랑하는 강하부대 대파군이 투입된다
사방으로 진격하는 대파의 기세 다시 한 번 천하가 끓어
오르며 병력수가 모자란 란군은 패퇴하여 가라앉고 면
의 천하는 다시금 파와 균형을 이룬다 전쟁 같은 하루를
끝내고 돌아온 나는 사 분여의 격전 후 젓가락을 꽂아
잘 익은 면과 파를 함께 들어 올린다

초원의 밤

늦은 회식에 취한 몸을 끌고
원룸으로 돌아온 나는
불 꺼진 방에 쓰러져
아무것도 없는 벽면을 바라본다
어두운 벽면 구석에서
녹색의 풀들이 자라 퍼진다
온통 녹색으로 가득 찰 때
들리는 거친 숨소리
문틈으로 들어오는 칼날이
날카롭게 귓가를 벤다
몽골 초원을 떠도는
고려 무사의 숨소리
귓가에 머무는 서늘함
담요를 덮어쓰듯 두건으로 가린 얼굴
광활한 초원 한가운데
지새우는 이국의 밤
별이 떨어지는 초원의 끝은 어디일까
떠돌다 보이는 거대한 바이칼 호숫가

수평선을 보며 눕는다
돌아가지 않으리라
호수의 바람을 느끼며 눈을 감는다
멀리 희미하게 들리는 경적음
슬며시 눈을 뜨면
황량한 도시 원룸
다가오는 출근의 아침을 피해
쓰라린 귓가를 누르며
다시 잠 속으로 돌아간다

새들의 출근

이른 새벽 당산역 건널목
부지런히 일터로 향하는 비둘기는
볼록한 배를 내밀고
머리를 좌우로 돌려 보며
급한 마음을 진정시킨다
지각 출근이야
늦으면 먹이가 줄어드는 일당직
조급한 그는 동동거린다
늘 숨 가쁘게 돌아가는 도시
휩쓸려 가는 삶은
뒤돌아볼 시간을 주지 않아
안타까움으로 배 채우며 살아가는
도시의 비둘기들
볼록하게 튀어나온 배는
지난 삶의 증거
나란히 서서 신호를 기다리는
한 무리의 비둘기들이
어이구 어이구 소리 내며 동동거린다

지방에서 날아 올라온 나는
텃새들의 아침 출근 경쟁에서
한 걸음 뒤로 빠진 채
세상 둘도 없이 느긋한 폼으로
건널목 신호를 기다린다

2부
사라지는 것들이 가는 세상

폭염주의보

내일 오후 폭염이 덮칠 것이므로 사랑하는 사람은 절대로 껴안지 마시기 바랍니다 서로의 열기로 사랑이 뜨겁게 달아오를 거라는 미친 생각은 하지 마시고 모두들 정신 똑바로 차리고 주변을 경계하시기 바랍니다 열기 가득한 야외에서 데이트는 서로의 사랑이 녹아내릴 우려가 있으므로 가급적 자제하시기 바랍니다 집 안에서는 냉전의 분위기를 띄우는 것이 좋으므로 정다운 대화는 그치고 에어컨 리모컨은 가급적 선점하시기를 권합니다 외출 시에는 길 위에 뜨거운 온도에 녹아 버린 연인들이 흐르고 있으므로 주의하여 걷기 바랍니다 서로의 눈빛이 이글거리는 태양처럼 뜨거우면 엉겨 붙지 마시고 바다가 보이는 해변 술집에 앉아 얼음 탄 생맥주 정도만 붙이시는 것이 좋겠습니다

요마妖魔

　너의 작은 눈을 보다가 적도의 바다에 빠졌어 수평선
이 보이는 대해의 가운데서 허우적대다 해적 깃발 펄럭
이는 카락을 탔지 모험의 두건을 쓰고 대해 깊이 항해했
지 가로막는 무수한 잡념의 괴물들을 번쩍이는 의지의
칼날로 쳐부수고 보물을 찾아 헤매는 대해적 블랙샘이
되어 바다를 호령했지 거대한 파도가 몰아칠 때 대해를
헤매다 마주치는 검고 둥근 섬에 닻을 내렸지 한가운데
자리 잡은 깊은 우물에 비치는 나를 보았지 눈을 뗄 수
없는 거대한 우물 속으로 빨려 들어갔지 검은 공간 속 간
힌 세상으로 추락했지 중심에 비치는 검푸른 하늘 먹구
름 사이로 추락을 거듭하다 보이는 갇힌 세상의 대지 순
간 놀라 돌아오는 정신을 부여잡았지 요사스런 주술을
깨고 너의 눈 속에서 빠져나오는데 살포시 감는 눈웃음
에 사로잡혀 나는 너의 영원한 종이 되었지

편두통

머리 좌측이 독립을 선언했다
칼과 창으로 무장하여 콕콕 찔러댄다
졸지에 피란민이 되어
전쟁터가 된 머리를 지그시 누른다
난세에 영웅이 난다고
어린 딸이 약통을 놓는다
물을 가지러 간 사이에 보니
어린이 부루펜
과연 치열한 전선을
소강상태로 만들어 줄 수 있나
심각하게 고민하는데
물을 가져온 아이는
입을 모아 내민 채 앞에 앉는다
그렁그렁한 두 눈으로
바라보는 모습에
나는 내전 중인 머리를 잊고
웃음이 터진다

형벌의 무게

아기가 추락했다
지면에 퍽 부딪칠 때
신음 소리조차 들리지 않는 죽음
어린 소녀가 울음을 터트린다
끔찍한 비극에 올려다보니
베란다 창문으로 고개 내민
웃는 소악마가 보인다
분노가 치밀어 올라야 하는데
못된 아이의 장난질처럼
주변 사람들은 혀를 찬다
아기를 부여잡고 우는 소녀를 안고
범인을 잡으러 가는 동안
죄의 무게를 가늠해 본다
소악마의 얼굴을 가진 그에게
무게만큼 형벌을 내리면
손톱만큼 가책을 느낄까
한 층을 오를 때마다 무수한 번뇌들이
안은 소녀보다 무거워질 무렵

장난기 가득한 소년이 현관에서 반긴다
그가 아래로 던진 건
소녀가 사랑하는 아기인가
말 못하는 인형인가
소녀의 비극과 소년의 장난질을
저울질하고 있을 때
울음을 그친 소녀가 때리며 말한다
미미를 괴롭히지 마
소년은 얻어맞으며 웃는 것으로
형벌의 무게를 덜어낸다

분홍 모자 난쟁이 공주를 사랑했네

난쟁이 공주가 나가시네
분홍 모자를 쓰고 행진을 하네
폴짝폴짝 경쾌한 걸음
흔들리는 풍경들
분홍을 사랑하여 분홍 모자를 쓴
아담한 난쟁이 공주
아직은 불안한 세상
사고라도 날까
줄줄 따라가는 시녀
분홍 모자의 난쟁이 공주를 사랑했네
그녀의 낮은 시선을 사랑했네
분홍빛 원색의 드레스
우아하게 걷는 공주
시간성을 정복하는
신비롭고 아름다운 여왕을 꿈꾸며
블록을 모아 작은 성을 쌓네
나는 난쟁이 공주의 마술사
난쟁이 세상에 없는 기물들을 부리는

거인 마술사
거대한 몸을 숙여
공주와 눈을 맞추면
방긋 웃는 눈웃음의 사슬
시종이 되어 버린
가여운 거인 마술사

외식

머리를 먼저 꺾어요 다리를 하나씩 뽑아내요 꼬리뼈를 분질러요 속을 빨아요 그 속살을 맛보세요 아니면 껍질을 벗겨요 피처럼 붉은 소스를 묻혀 한 번에 씹어 먹어요 붉게 물든 입술로 웃고 있네요 엄숙하게 가위를 들어요 관절 마디마디를 잘라내요 무서워하지 말고 불그스름한 속살이 튀어나오지 않게 천천히 잘라내요 마치 의식처럼 코쟁이를 쑤셔 넣고 살을 밀어내요 깔끔하게 밀려 나오는 속살을 조용히 먹는 모습이 아름다워요 세상에 둘도 없는 존귀한 존재처럼 빛이 나네요 어디선가 엘가의 사랑의 인사가 들려요 새우 같은 외식재료가 당신 앞에 앉아 있어요 당신이 짓는 눈웃음에 홀려 당신이 내뿜는 향기에 취해 등 굽은 외식재료는 마비된 채로 요리되기를 기다리고 있어요

사도 쿠르디*

곰인형을 안고 웃던 아이
휴양지 해변에 누워 있네
피처럼 붉은 티셔츠에
바다를 향해 엎드려 누워 있네
파도가 포탄처럼 덮치는 동안
굳어 버린 아이의 시간은
아버지와 바다를 건너는 순간
멈춰 움직일 줄 모르네
아이의 입으로 밀려오는 파도가
어른들의 눈으로 밀려올 때
아이의 입에서 솟아나는 파도가
어른들의 심장에서 터져 나올 때
아이는 사도가 되네
사막으로 변해 가는 세상에
초원의 싹을 틔우네
바라보는 어른들의 눈물로
메마른 가슴에 싹을 키우네
작은 관을 짊어지고 아버지는

죽음의 땅으로 돌아가는데
아이의 부어오른 얼굴에
희미한 천사의 얼굴이 보이네
등에 빨간 셔츠 위로
희미하게 솟아나는
하얀 날개가 보이네

*터키 해변에서 시체로 발견된 시리아 난민 아이

거꾸로 공화국

대통령이 잘사는 나라 위해
대통령이 국민을 선출했다
국회의원이 잘사는 나라 위해
국회의원이 지역민을 선출했다
잘사는 나라 위해
돈 많은 상위 1%가 장관이 되었고
재벌 순서로 혜택이 내려졌고
돈치사회라 돈 아래 평등하게
가난한 이들을 짜맞추고
국민들은 열심히 세금을 짜내었다

시간의 미로 2

잠에 취한 눈으로
여객선 선실을 보는데
아이들이 그림을 그린다

거대한 배처럼 생긴 미로
아이들이 바닥에 물을 채운다
가라앉는 미로
날개 달린 아이들은 날아오른다
점점 잠기는 숨
헤어나려 할수록 잠기는
심해의 미로

재깍재깍 시계 소리가 들린다
떠다니는 길고 긴 시계
부여잡고 미로 속을 항해한다
미노스의 미로인가
멀리 곡성이 들린다
미노타우로스의 울음인가

둥둥 떠다니는 시계는
미로의 중심으로 나아간다
중심에는 무엇이 있나
울음소리가 커져 간다
길고 긴 시계가 멈추는
속 깊은 중심

잊어버렸던 아이들이 있다
여전히 미로의 출구를 찾지 못한 채
날개를 달지 못한 아이들이
모여 울고 있다

와이파이

보일러는 24도에 맞춰 놓는다
내리는 비가 창문을 두드려 불러도 대답하지 않아
나의 공간은 여섯 평 원룸
15인치 네모난 공간 속에 있지

코로나 바이러스가 창궐한다
열 뻗치지 않는 사람들끼리
열 뻗치게 전염되는 세균들
박쥐에게 시작되었다지

박쥐는 인류의 적인가
아니 혼자 되기 싫은 거야
모니터에 매달린 박쥐
불러 주는 이 없어
좁은 공간에 갇혀 있는 거야

0과 1로 표시된 언어들 그 외에는 없어
아무도 없거나 홀로 있거나

데이터는 외로움이 모여서 만들어지지

데이터들을 공유한다
누군가에게서 올 데이터를 기다린다

뉴타입

고개를 앞으로 내밀어요
마스크로 가려진 얼굴에 눈과 귀만 보여요
두 눈에는 소프트렌즈 반짝이고
귀에는 아이팟이 끼워져 있어요

사방을 스캔하며 사람들을 피해 가는
그들은 돌연변이일까요
바이러스에 살아남아 진화한 뉴타입인가요

식어 가는 세상에 탄생한 신인류
눈으로 말하는 사람들
눈으로 인사하고 가리키고 웃는 사람들
말을 하지 않는 사람들
퇴화되는 입과 혀

새로운 종이 도시를 채워 가요
말없이 살아가는 새 시대
가명과 댓글들이 넘치는 공간에서

말을 하지 못해 한숨을 쉬는 나는
도태되어 가는 구인류인가요

원룸으로 돌아와 문을 닫아요
창문을 열고 거리의 뉴타입들을 구경하며
홀로 흑백영화 노래를 불러요

황혼의 만찬

생명들이 부딪히는 대해大海
그 아래 세상을 감싸는
끝을 알 수 없는 요르문간드*
몸통을 한입 베어 물자
뱀의 살점들이 살아 꿈틀거린다
바다 위로 기다란 몸이
끝없이 말려 올라오자
쉼 없이 뱀줄기를 흡입한다

토르**여
나의 몸은 비록 너로 인해 사라져 가지만
내 몸의 독은 강인한 너를 중독시켜
나를 끝없이 갈구하다 죽게 되리라

대해를 감싸는 꼬리가 사라지며
솟구치는 그의 몸이
거대한 해일을 일으키고
파괴되어 떠오르는 부유물들

쏟아내는 피로 붉게 물든 대해
남김없이 마셔 주리라 주욱 들이켜자
퍼지는 황홀한 신세계도 잠시
최후의 전쟁에서
승자의 기분을 느낄 새도 없이
벌겋게 변하는 얼굴
모공에서 흘러내리는 수액
온몸이 녹아내리며
힘겹게 고개를 들자
냅킨을 건네며 웃고 있는
친구의 얼굴

*북유럽 신화에 나오는 로키의 세 자식 중 하나, 대해를 감싸는 뱀

**북유럽 신화에 나오는 천둥, 번개, 바람, 비의 신

겨울 마법사

함박눈 오는 밤
창가에서 손선풍기를 틀었지
바람에 날리는 하얀 육각의 결정들
요정 가루처럼
하얗게 빛나는 것들이
사방으로 뿌려졌지
더러워질 대로 더러워진 곳이
요정 가루를 맞고 반짝반짝 빛났지
나는 음울하고 탁한 세상을
구하러 내려온 백색의 마법사
눈 오는 거리를 향해
마법 가루를 뿌리면
하얗게 정화된 내일
바라본 아이들이
팔딱팔딱 좋아 뛰며 나오겠지
털장갑을 끼고 요정 가루를 묻히겠지
뺑뺑이 도는 학원차 기다리지 않고
활짝 웃고 놀겠지

상상만으로 눈웃음 그려져
으슬으슬 함박눈 오는데
밤새 손선풍기를 돌렸지

침몰하지 않는 배

철판을 자르고 붙이던 손으로
쓰다 만 종이를 접네
한 땀 한 땀 정성 들여
포개고 포개 건조한 배를
거실로 진수시키네

열린 문으로 들어오는 바람
이력서의 배들이 집 안을 항해하네
미끄러지듯 항해하며
전복되지 않는 종이배

거대한 배를 건조하는 조선소도
불어오는 바람에 쓸려 가는 세상에
강철을 주무르며 단단해진 육신도
감원의 태풍에 주저앉는 세상에
불려 넘어질 듯하면서도
넘실 파도를 타는 종이배

학교에서 돌아온 딸아이가
문지방을 넘으며 짓는 눈웃음
나는 오늘도
침몰하지 않는 미소를 띠우네

사라지는 것들

해체하는 일은
없어지는 것들을 만지는 일
세상에 있던 것들을
흔적만 남기는 일
이음과 이음을 갈라놓는 일
해체되는 동안
몸부림치는 것들을
조심스레 바라보는 일
어디선가 비명 소리가 들리면
손을 놓고 멀찍이 떨어져야 해
해체되는 것들이
지르는 비명 소리가
사방에서 다가올 때
가끔 사라지는 것들이
가는 세상이 궁금해질 때가 있어
마치 아무것도 없는
캔버스 같은 곳에
다시 무언가로 만들어지기를

기다리는 걸까
생명이 없는 것들이 사라져 갈 때
나오는 뿌연 분진들은
남기고 가는 혼백의 흔적들
아프게 바라보다가 돌아서며
눈을 감고 올리는 묵념
뒤통수를 맞으며 뽑아내는
반장의 걸쭉한 욕설

3부

삶은 아름다워요

몽마夢魔

　죽어 가고 있었어요 알록달록한 옷에 줄무늬 양말을 신은 채 모가지가 꺾인 채 덜렁거리는 모가지가 시계추처럼 흔들렸어요 빨간 코 얼굴은 웃고 있었죠 입꼬리가 귀밑까지 올라가 웃고 있었죠 피에로가 되어 덜렁거렸죠 피에로가 긴 입으로 말했어요 삶은 아름다워요 무대 위에 모가지가 꺾인 채 널브러진 피에로 삶은 아름다워요 긴 어둠 속 조명만 비추는 공간에서 죽어 가는 피에로 삶은 아름다워요 조명은 뜨개실만큼 가느다란 한 줄기뿐 조금만 벗어나도 짙은 어둠 속으로 빠질 공간 피에로는 살아가기 위해 죽어 가며 웃었어요 살아가는 건 즐거운 공연 같은 거 모가지가 꺾여 죽는 순간까지 그는 웃으며 모가지를 흔들었죠 흔들고 흔들다가 갑자기 나에게 돌아보았어요 낫 같은 웃음을 흘리는 그의 눈에서 웃고 있는 나를 보았어요

인형술사

조명이 켜지고 무대 커튼이 열리면 춤을 춰야 해 우아하게 외투를 벗고 발뒤꿈치를 들고 사뿐하게 점프해 바라보는 사람들에게 날아 안길 듯이 춤을 춰야 해 양팔을 벌려 빙글빙글 돌며 춤을 춰야 해 무대를 향해 비추는 오색의 조명은 오로지 나를 위한 장치 세상을 살아가는 건 나만의 의지가 아니야 조명이 꺼질 때까지 쉼 없이 돌고 웃고 춤추는 어여쁜 인형 나와 당신 사이에 보이지 않는 실이 있어 수십 수백 가닥의 실로 나의 눈웃음을 만드네 황홀한 미소를 만드네 나와 당신의 세상은 보이지 않는 실로 이어졌지 나는 당신을 바라볼 수 없고 보이는 무대가 전부인 세상 조명이 꺼지면 무대 커튼 뒤에서 지쳐 쓰러지는 나는 어여쁜 인형 내가 바라보지 못하는 세상에서 내려다보며 춤추게 하는 당신은 인형의 주인

무대 뒤 지친 손으로 가위를 든다 한 가닥 두 가닥 실들을 잘라낸다

기억의 도시로 떠난 시인을 생각하는 밤
—코코(2017, 리 언크리치)

사람은 죽어서 기억의 도시로 간대
산 사람들의 기억을 먹고 산대
추억 속에 살아가다 잊히면
투명해지며 사라진대

이 밤이 가기 전에 나를 기억해 줘
해가 뜨기 전에 나를 불러줘
나의 문장들을 떠올려 줘
새여 바람이여 자유여 부르다가 내가 죽을 이름이여*

나는 어디부터 사라질까
나와 함께 모든 별이 꺼지고
모든 노래가 사라진다면*
세상은 죽은 사람들을 기억하지 않겠지

족지골 중족골 비골 경골 순서대로 사라질 거예요 아
래서부터 사라져 가는 스릴 아오 하체가 다 사라지면 텅
빈 엉덩이에서부터 체액과 혈액이 조금씩 빠져 사라져

갈 거예요 충격적인 비주얼을 뿜내며 희미해져 가는 동
안 배가 터지도록 부어오른 이 거리*를 날아다닐 거예요
주렁주렁 내장들을 날리며 날아가요 아오 누구한테도
잊히지 않을 명장면 아오 기억을 먹고 살 수만 있다면 추
억의 도시에서 살아갈 수만 있다면 몸 전부 사라져도 반
짝이는 머리 하나만 남아도 돼요

　　서서히 투명해져 가다 마지막
　　활활 타오르는 불이 되었다가 사그라지면
　　그때 나는 한 줄의 시가 됩니다*

　*고 김남주 시인의 시 구절을 일부 차용함

책 속에 거미가 산다

가느다란 시집 속에 거미가 산다
가늘고 긴 다리를
얇은 종이와 종이 사이에 걸치고
거미줄을 엮어 새집을 짓는다
책갈피처럼 종이 사이에 걸치고 선 거미는
책 속의 주인공처럼 살고 싶어
구석진 중고 세상 낭만적인 삶을 찾아온 거
그리하여 자기 몸처럼
구부정한 글자들과 어울려
기다란 문장 같은 집을 짓는다
이 낭만 거미는 하고많은 책들 중에
하필 시집을 골랐을까
시집을 집어 가면 집도 무너질까
가만히 들여다보는데
거미는 세상의 이치를 깨우친 거
돈의 세상에 하등 쓸모없는
시편들만 나풀거리는 구석진 시집은
결코 움직이지 않을 거라는

숨 막히게 변해 가는 바깥 세계를 떠난 채
은유의 숲이 되어 잊힐 거라는
시집들과 어울려 지은 거미집은
한 편의 시집처럼 보일 거라는

밤을 걷는 도깨비

머리에 뿔 난 도깨비가 공동묘지 같은 밤을 걷네 비석처럼 세워진 아파트 사이를 헤매면 석문처럼 새겨진 창문마다 붉은 불이 반짝이네 도깨비는 붉은 눈을 부라리며 방망이를 돌리며 창문마다 고개를 들이미네 어디에 있을까 어디에 숨었나 밤마다 무서워 잠 못 이루는 어른들 사각의 공간에 갇혀 꿈을 잊은 어른들 방구석 침대 밑 장롱 속을 부라리며 뒤지네 깨어 있는 어른들의 머리를 내리쳐 꿈의 세계로 보내는데 잠든 아이들은 어른들의 꿈을 먹고 자라네 아이들이 먹어 버린 꿈 때문에 깊은 잠을 자지 못해 붉어진 눈을 비비는 도깨비 뿔 속에 담아 둔 꿈가루를 묻혀 방망이를 두드리네 밤마다 아파트 창문들 사이를 헤매며 방망이를 두드리네 머리에 뿔 난 도깨비가 깊은 잠을 꿈꾸며 고요한 밤길을 헤매네

시공간의 여행자 S

S는 트랙터에 연결된 추레라를 타고 어둠 속 강 상류를 건넌다 칼날 같은 바람이 둘러쓴 후드 속으로 들어와 얼굴을 저민다 별들도 비추지 못하는 아케론강 두건을 쓴 사람들 가방을 붙들어 멘 사람들 머리의 윤곽들 안쪽은 모두 검게 가려져 표정을 알 수가 없다 문명을 버리고 저쪽 세상으로 넘어가는 여행자들 눈을 감는다 카론이 모는 추레라는 강바닥에 숨은 길을 따라 세상을 떠난다 철렁철렁 물결 소리가 추레라를 감싼다 얼굴 없는 사람들의 웃음소리가 사방으로 퍼진다 드륵드륵 트랙터가 강바닥을 긁는 소리 덜컹덜컹 흔들리는 추레라 흔들리고 흔들리다 누군가 켜는 희미한 불빛을 받아 분열한다 검은 강물에 또 다른 추레라가 강을 건넌다 희미한 불빛들이 보인다 옆에서도 건넌다 뒤에서도 건넌다 불빛을 얹고 세상을 건너는 추레라들 시공간을 여행하는 다른 차원의 S들 인공이 없는 세상을 꿈꾸며 모인 사람들 불이 되어 분열한다 조금씩 밝아지는 세상으로 퍼져 간다 소리들이 사라지자 눈을 뜬다 나무들이 색을 칠하는 세상 노란색 길을 따라가면 별들이 사는 집이 보인다 시

간이 흔들의자에 앉아 논다

균열이 보인다

시간이 멈춘 밤
하늘에 틈이 벌어진다
희미하게 빛나는 무리들이
균열 사이에서 나와 흐른다

이계의 존재들이 웜홀을 넘어온다
콜럼버스가 발견한 신세계처럼
그들도 새 항로를 찾아 넘어온 거

정체된 시공을 벗어나고 싶었지
어제와 오늘이 쌍둥이 같은 공간에서
숨 막혀 하던 무리들은

별이 되고 싶었지
백만 년의 시간을 넘어
어두운 곳에서 빛나는

인공의 불빛들이 점령한 세계

시시한 얘기들이 오가는 주안역 앞
지나치는 사람들을 안주 삼아
술을 마시던 나는

균열을 타고 흐르는
별의 무리들을 부러워하지

신기루 마을

오늘도 엘리베이터를 타면
낯선 세상이 열린다
사막 너머에
바라지 않으면 갈 수 없는
떠다니는 마을이 있다
입구에 들어서면
거대한 나무가 그늘을 만들고
밑동 근처에 한가로이 앉아
졸고 있는 할아비가 보인다
담 없는 아담한 집들이 늘어서서
마당에 널린 빨래들이 산들거린다
마을 광장엔 맑게 웃는 아이들이
개와 함께 뛰어논다
머물 집은 어디 즈음일까
단칸방 하나 부엌 하나면 족해
주위를 둘러보는데
누군가 어깨를 툭 친다
뒤돌아보니 위층 아저씨가

먼저 떠나기를 요청한다
기꺼이 양보하고 돌아보면
마을은 사라지고
열린 아파트 현관문이
나를 재촉한다

시간의 문

시간은 네온사인 반짝이는 세상 가운데 싸늘하게 버려졌다 사람들은 그 위에서 웃고 울며 허우적댄다 버려진 시간이 일그러지다 인공의 열기에 녹아내린다

지나간 날들이 녹아 흐르는 시간 속에 섞여 되돌아온다 길들이 기울어져 간다 가던 길을 멈춘 채 주위를 둘러본다 어디 즈음일까 휘어진 시곗바늘이 가리키는 방향은 보이지 않는 서편 지평선을 가리키는 걸까 구두가 억지로 끌고 걸어간다 구두는 기울어진 길을 미끄러지지 않고 잘도 걸어간다

세상을 나가는 문들이 사방에 널려 있다 둥둥 떠다니는 문고리 하나를 잡고 열면 이 이상한 세상에서 빠져나갈 텐데 기울어진 길을 따라가면 서쪽으로 가는 배를 타는 회색 항구*를 만나게 될까 배를 타고 저무는 서편으로 항해를 하면 녹아 흐르는 시간 속에 떠다니는 내일을 찾을 수 있을까

재촉하는 구두를 잡아 세운다 아담한 불빛의 작은 문
을 열어 본다 지나간 날들 중 하나가 웃으며 손짓한다 구
두를 벗어 던지고 문안으로 불쑥 빨려 들어간다

＊톨킨의 소설『반지의 제왕』에 나오는 요정들의 땅으로 가는 마지
막 항구

웜홀

시계는 네 시를 가리키고
TV엔 지난 SF영화가 방영되고
아파트 창문 밖
누군가 들여다보는데
영화 속 우주 공간이 펼쳐지자
쉬익쉬익 가는 숨소리를 내며
어둠을 날아다니는데
눈을 비비며 내다보면
긴 어둠 뒤 웜홀
구부러져 떠다니는 시계
네 시를 가리키고
침대는 허공을 날아다니고
중력이 사라져 둥둥 떠다니는 가구들
새가 되어 날아다니는 책들
시야를 어지럽히고
지직거리는 화면을 뚫고
날아가는 밀레니엄팔콘호
무너져 가는 시공간을 탈출하기 위해

최대 출력으로 날아가고
일그러지는 어둠을 배회하는 별들
밀레니엄팔콘호를 따라 날아가고
저 너머 희미한 빛의 세계
가는 빛줄기로 뻗어 나가고
우주를 뚫고 나아가는 순간
퍼지는 빛과 함께 돌아오는
무거운 중력의 느낌
시계는 아침을 가리키며 운다

얼굴 찾은 아이

가로등이 가위처럼 교차하는 밤길
얼굴이 여러 개인 아이가 헤매요
립스틱 짙은 엄마 닮은 얼굴을 찾아
골목을 헤매요
웃는 아이의 얼굴로
골목골목 창문들을 기웃거리는데
찾는 얼굴이 없는지
우는 아이의 얼굴이 되어 길가를 헤매요
불 켜진 창문 너머를 기웃거리면
아이들은 웃는 얼굴을 보고
빙글거리며 창문에 매달리는데
어른들은 우는 얼굴을 보고
혀를 차며 문을 닫아요
바라보는 눈에 따라 변하는 얼굴
아이는 아직 자기 얼굴을 몰라요
아이는 엄마를 닮아야 해
엄마의 목소리가 귓가에 매달려 흔들려요
인공의 냄새가 가득 풍기는 어느 집 창가에서

엄마 닮은 얼굴을 찾아 돌아가는데
가로등 불빛이 아이의 얼굴을 싹둑 자르네요
깔끔하게 잘린 얼굴에
엄마 닮은 얼굴을 붙인 아이는
터덜터덜 집으로 돌아가요

이름 없는 방

세상의 구석에 뒤편으로 가는 문이 있어요 아무 때나
열 수 없는 문 으슬으슬하게 홀로 걷는 날 살아가는 쓴맛
을 본 날 구석진 공간에 보이는 문 비틀어진 세상의 뒤편
방으로 들어가는 문을 열어요

어떤 방은 보이는 세상을 만드는 공간이에요 세상을
조절하며 주무르는 요정들 바쁘게 일하는 요정들 하나
를 붙잡고 일상을 바꿔 달라고 떼를 쓰면 혼자 된 사람끼
리 술잔 맞는 사람끼리 맞춰 줘요

다른 방에는 이름 없는 존재들이 몰려 머물러요 서로
부를 이름이 없어 스스로 이름을 지어 붙이는 이들 말을
하며 서로 부르는데 얼굴 없는 이들 누군가 들어가 이름
을 지어 불러 주면 비로소 생기는 이름

아무 문이나 열어 들어가지는 마세요 종종 돌아오지
않는 이들이 있어요 지나간 날들을 보여 주는 공간에서
돌아오지 않는 이들 문을 열다 추억이 바람처럼 불어오

면 그냥 닫아 버려요 놓친 시간들을 붙잡으려 쫓아가면
흘러 지나친 날들이 계속 쌓여 가기만 할 거예요

잭오랜턴

호박 머리가 말했지 나는 천국과 지옥을 구경했네 어두운 밤길은 나의 인생 밤마다 속삭이는 유령들의 소리를 들어 봐 거짓말에 속아 내 영혼을 지옥에 가두지 못한 악마들의 한숨 소리를 들어 봐 나는 밤길 속의 배회자 천국에 스스로 올랐다가 죽음을 마다한 죄로 쫓겨난 타락한 영혼 나는 호박의 주름처럼 늙어 껍데기만 남아 밤길을 배회한다네 지옥에서 겨우 등불 하나 얻어 돌아온 가난한 영혼 가진 것 없이 맨몸으로 등불에 의지해 떠다닌다네 어두운 길 가운데 떠다니다 만나면 놀라 도망가는 사람들을 보며 즐거워한다네 껍데기만 남아 배고픈 영혼 보이는 문들을 두드리며 달콤한 간식을 빼앗아 먹어도 늘 허전한 속을 달래네 오늘은 어느 집 문을 두드리나 여느 사람들처럼 반복되는 싱겁고 허기진 일상 놀랄 사람들을 찾아 호박 머리로 밤길을 다니네

앵무새와 사슴
―장승업의 화조영모도

갈색 어린 사슴이 맑은 냇물을 건너네 동그란 눈으로 네 발을 경쾌하게 내밀며 주위를 살피네 고작 냇물을 건너는 데 위험이 있으랴 숲 친구를 찾아 눈을 돌리는데 어디에 있니 목소리를 쌍둥이처럼 따라 하는 즐거운 숲 친구 무서움 모르는 아이 냇물 위 징검다리를 경쾌하게 건너는데 바위틈에 솟아오른 나무 처진 가지에 피어난 백화가 보이네 미모에 눈이 팔린 사슴아이를 나무 위 초록 앵무새가 걱정스레 바라보네 세상을 사는 건 생각처럼 쉽지만은 않아 냇물을 건너며 발밑을 보지 않는 아이가 답답해 사슴의 소리를 낼까 범의 소리를 내 볼까 나뭇가지에 앉아 흔들거리며 생각에 잠기네 이 기묘하고 아름다운 이상향 속 오원은 어느 귀퉁이에 숨어 붓질하고 있을까 사슴의 눈처럼 살피는데 그림 속에서 불어오는 서늘한 숲바람 퍼지는 꽃향기에 취해 눈을 뗄 수가 없네

4부

희미하게 빛나는

홀로 하루를 먹는다

아침에 일어나면 꺼내 먹는 바나나우유맛
밤마다 끓여 먹는 라면맛

홀로 창문에 매달리는
세상과 격리된 수감자
격리를 이겨내는 건
상자 모양 원룸에서 창밖을 바라보는 일

무수한 광고지만 불려 다니는
한산한 당산동 거리
입과 코가 없는 사람들이
서로에게서 도망친다
바이러스가 엉겨 붙을라
흩어지는 사람들

어제가 복사되어 붙여진 오늘
특별한 것을 찾는데
손님 끊긴 문 앞에 앉은 식당 아저씨

올려다보며 짓는 눈웃음
마스크 속 가려진 속상함이 보인다

어둠이 밀려오는 저녁 무렵
하늘에 노란 눈 하나 떠 있다
다크서클처럼 깔린 노을
구름 눈썹이 무겁게 가라앉는다

마스크맨

어둠이 도시에 내리면
하얀 마스크는 거리로 나선다

얼굴을 가린 마스크 위로
안광이 번뜩인다
바이러스가 점령한 세상
감시의 눈을 피해 가며
어렵사리 동지를 모았다

보이지 않는 빌런들
소리 없이 다가오는 공격들
안전지대를 찾아 기척을 숨기고
공간 사이사이를 이동한다

DARKS로 불리는 으슥한 골목 주점
둘러앉은 네 명의 마스크맨
잔을 채우고 마스크를 벗는다
서로의 얼굴을 보며 웃는다

기묘한 칼잡이

번쩍이는 칼날이 춤을 춘다
벌어지는 살들 사이로
붉은 피가 흐른다
고귀한 손으로 불어넣는 공력이
칼날에 가닿으면
사인검*보다 날카로운 칼이
살아 움직이며 생명의 빛을 뿌린다
그는 산 것이 아닌
죽은 것만 가르는 칼잡이
엄숙하고 능숙한 칼질에
죽은 것들이 살아난다
차가운 살기가 공간을 지배하고
절대적 위엄에 짓눌린 주민들이
돌이 되어 굳어 간다
비명처럼 종소리가 울린다
앞가슴을 가린 가죽 갑옷을 펴고
그는 칼을 들고 공력을 모아
사자후의 목소리로

세일을 외친다

제임스본드는 브로콜리를 좋아했을까

맥주를 따고 안주를 찾지만 브로콜리밖에 없어 오늘의 안주는 브로콜리 티브이에는 익숙한 음악과 권총 소리가 들리지 오늘의 영화는 007이지 제임스본드를 만든 건 브로콜리 천재 스파이는 악의 세력을 쳐부수는 역할로 영웅이 되었지 본드는 브로콜리를 좋아했을까 맥주에 브로콜리는 어울리지 않아 권총 소리에 붉은 초장을 뿌리지 본드걸은 브로콜리의 부름을 받고 본드를 떠올렸을까 나는 브로콜리를 초장에 깊이 눌러 주지 본드는 와인을 들고 나는 맥주를 들지 본드는 브로콜리의 영웅이지만 나는 심심한 브로콜리를 싫어했지 마지막 장면에 본드는 늘 본드걸과 입을 맞추고 나는 본드가 되고 싶어 했지 브로콜리는 본드를 사랑한 본드걸을 질투했나 본드걸은 늘 단편으로 사라지고 말지 나는 아름다운 본드걸을 좋아했지 맥주를 마시며 브로콜리를 뜯자 초장이 피처럼 흘러내리지

작은 항쟁

　지면에 단단히 뿌리박고 섰던 날들은 지나고 세상엔
서리가 내린다 서늘한 바람과 함께 잡혀 왔던 차가운 감
옥 문이 열린다 집행관이 그를 들고 형장으로 이동한다
형장은 이미 준비되어 있다 단두대 위에 올라선 로베스
피에르처럼 삶의 마지막을 깔끔하게 잘리고 싶었지 그
러나 어디에도 단두대는 없어 단지 단단한 나무 발판 위
에 번뜩이는 칼날만이 놓여 있다 피를 부르는 육식의 시
대를 마감하기 위한 항쟁에서 실패한 동지들은 결국 모
두 육식의 밑 재료로 희생되었다 그는 처형대 위에 올라
선 채 형장을 바라본다 한쪽에는 붉은 불 위 거대한 솥
에서 뜨거운 물이 끓는다 처형대 주변에 동지의 잔해가
처참하게 널브러져 있다 토막 내고 삶아 버리는 이 잔혹
한 형장 그는 최후를 직감하고 가만히 선다 생식과 채식
의 항쟁은 계속되리라 다짐하며 혁명가는 다가오는 칼
날에 몸을 맡긴다

고비사막의 별

컴컴한 새벽 도심 모퉁이에 기대 앉으면
밤새 비추는 인공의 불들
스스로 빛나는 별을 보고파
고비사막으로 데려다줄 택시를 부르는데

눈을 감으면 떠나는 사막의 새벽 여행
양의 소리를 들을 때 울리는 사막민족의 고함
두건을 두른 채 비단길을 따라 사막을 건너는
카라반이 되어 전설의 카라호토를 찾는데

지평선이 보이는 사막의 밤
넉넉하고 포근한 게르
뚫린 천장으로 빛나는 별들을 보다가
길을 따라 들어오는 신의 숨결을 받고 잠드는데

눈을 뜨면 날카롭게 각을 세운 빌딩들
빛나는 네온사인 아래
흔들리는 도시인들 속에 오지 않는 택시

하늘에 희미하게 빛나는 사막의 별

꿈을 깎아요

또각또각 엄마가 손톱을 잘라 줘요
작은 아이의 손을 잡고 누르면
손톱의 날이 사방으로 날아 떨어져요

무시무시한 손톱깎이
몸이 잘리는 아이는
오싹해진 채 움츠려 울먹이죠
엄마 손톱이 칼날 같아요
칼날이 떨어지는 자리는 무서워요
걱정 말아라 엄마가 다 알아서 치워 줄게
떨어지는 손톱에 끼어
꿈들도 떨어져 나가요

초승달 같은 꿈
밤하늘 별들 속에 빛나던 꿈
떨어지는 꿈을 잡으려 애쓰는 작은 손
두꺼운 손안에 갇혀 오므려지지 않아요

또각또각 아이의 몸을 자르는 소리
아이의 머리는 점점 비어 가요
떨어져 나간 꿈들은
손톱의 때처럼 더러워진 채
휴지통에 버려져요
큰일을 치른 아이의 더 작아진 두 손
꼬옥 잡고 하는
엄마의 꿈 이야기

좀비들의 생활 습성

한낮의 음습한 건물 속에 굳어 있다
해가 떨어지면 활력이 돌아와요
보라색으로 칠해진 당산역 거리
손을 들어 올린 채 고개를 반쯤 숙여 걸어요

레벨업을 위하여 바쁘게 움직이는 엄지
빛나는 네모 안에 붙들려 고정된 눈
그물처럼 퍼져 가는 실핏줄들

땅속으로 빨려 들어와
최소한 움직임으로 서성이죠
데스웜이 들어오자
그 입으로 걸어 들어가요
속이 가득 차 제때 입을 닫지 못해
데스웜이 거하게 트림을 뱉어내요

서서히 기어가는 배 속에
찰싹 달라붙은 채로 저주에서 풀려나

아래를 바라보는 눈들
서로 가까워질 수 있는
살과 살이 마주치는 공간
체온과 체온이 더해져 달아오르는데

잠시 눈을 들어 돌아보면
생생하게 살아 있는

낙엽처럼

가끔 한 가지 색으로만 보일 때가 있어
노란색으로 보이는 날
홀로 주안동 거리를 걸었어
빈곤해지는 은행나무들을 보며
빈곤한 지갑을 떠올리는 거야
색이란 감정의 집합이야
옆구리 허전한 바람에
떨어진 은행잎 속 숨겨진 기억들이
노랗게 올라왔어
청바지 청재킷이 어울리던 스무 살 가을
낙엽이 떨어지는 걸 보면서도
깔깔거리던 나는
칼라를 세우고 스프레이에
반짝이는 구두를 기대했지
풍성한 푸르름이 지속될 것만 같았던
스무 살의 날들이
푸석푸석해져 낙엽처럼
머리 한구석에 간신히 걸려 있다가

월급 통장처럼 쉽사리 앙상해지는 날이 되어서야
은행잎에 섞여 떨어진 거야
빛나는 황금색을 꿈꾸며 걸었던 거리
어느덧 누렇게 튼 얼굴로
코트 칼라를 세우고 움츠린 채
낙엽처럼 쓸려 가는 사람들
그 틈바구니에서
다시 다가올 가을을 기대하며
노란 은행잎을 보며 버티고 걸었어

불멍

모닥불이 타오르자 시계가 멈췄다
시침과 분침이 녹아내린다
시간들이 고여 호수가 생긴다
옆에 앉은 사람들은
흐르지 않는 시간을 바라보며 웃는다
거꾸로 흐르는 걸 기다리는 거다

시간은 왜 거꾸로 흐르지 않는 걸까
거슬러 가는 게 더 재미있는데

시간을 거슬러 가는 영화를 본 적이 있다
영화 장면을 거꾸로 돌려 본 건가
반전 없는 결말보다
반전을 기대하는 전개가 좋아
지나간 시간을 돌려 어려지는 주연들

어려진다는 거는
시간의 호수에 한 발 걸친 거

어른이 되고 싶은 아이들이
어른처럼 역할놀이 하는 거
누군가의 아내처럼 남편처럼
어느 아이의 부모처럼
몹쓸 상사처럼 어수룩한 사원처럼
풍덩 빠져 놀다 돌아오는 거

밤하늘에 박힌 별무리가 움직일 때까지
아이들로 변한 사람들이
지난 기억들을 끄집어내
모닥불 위로 던져 넣으며 웃는다

다시 4월 비자림로

붉은해오라기들이 날아다니던 하늘에
비행기를 날리려 숲을 지운다
애기뿔쇠똥구리가 거닐던 숲의 그늘은
자동차를 달리게 하려
아스콘으로 덮어 점점 뜨거워진다
깊게 뿌리박은 삼나무들이
밑동부터 잘려 쓰러질 때마다
숲에서 우는 소리가 들린다
터전을 잃어 가는 건
붉은해오라기와 애기뿔쇠똥구리뿐이라고
죽어 가는 건
삼나무뿐이라고 말하지만
새로운 4월이 시작되는걸
점령군처럼 몰려드는 사람들이 떠나고 나면
숲은
발자국들만 낙인처럼 찍힌 채
황폐하게 남겨지겠지
아스콘과 콘크리트의 평원 너머로

살아남은 삼나무들이
섬의 바람에도 소리내지 못하고
숨죽여 울겠지
그때서야 자신들의 숨구멍을 틀어막은 걸
섬사람들은 알겠지
섬은
잊어 가는 4월의 기억을
다시 떠올리며 떨고 있는데

광치기해변의 아이들

이른 저녁
노는 아이들이 모래를 파다가
오래된 뼛조각을 주워
신기하게 돌려 보고 있다

호기심이 밀물처럼 몰려온다
칠십여 년 전에 묻힌
우리 할아버지의 유해遺骸일까

바닷바람에 해변을 거니는
할아버지의 체향을 느낀다
그의 혈血로 이루어진 검붉은 해변
그의 골분骨粉으로 만들어진 모래
세월에 녹아 한 줌씩
바다로 퍼져 나간다

시린 바닷바람에
모래가 날리자 쉬이

할아버지의 숨소리가 들린다
아이들은 추운 줄도 모르고
골분을 파헤치며
성을 쌓는다

명도*

말 못하는 어린아이
다랑쉬 마을 터에 앉아 있네
주춧돌처럼 생긴 바위에 앉아
지나치는 사람들을 바라보네
아이의 집은 어딜까
주변을 둘러봐도
보이는 건 대나무밭
사라진 초가들 사이
곧게 자란 대나무들만이
집터의 흔적을 남기고 있네
아이의 집은 어딜까
물어도 말 못하는
아이의 집은 어딜까
대나무밭 사이를 걸으며 묻는데
대나무들이 말을 하네
말 못하는 아이 대신
쉬쉬하며 말을 하네
감춰진 이야기들

대나무들이 쉬쉬하네
아이의 집을 찾지 못한 채
다랑쉬굴을 보고 돌아오는데
아이가 있던 자리엔
녹슨 칼자루만이 놓여 있네

*아이가 죽어서 된 귀신

이상한 나라 여행 가이드

김정빈(문학평론가)

『이상한 나라의 앨리스』는 익히 알려져 있듯, 앨리스가 토끼굴에 빠져 이상한 나라로 가는 이야기다. 그곳에는 의미심장하게 웃는 고양이와, 빨간 장미에 집착하는 하트 여왕, 미치광이 모자 장수, 무엇보다도 시간에 쫓겨 다니는 토끼가 산다. 사실 앨리스가 모험을 펼친 곳은 원더랜드다(Alice's Adventures in Wonderland). Wonderland를 말 그대로 풀이하면 경이로운 것이 가득 찬 나라, 동화 속의 나라에 가깝다. 그런데 번역을 거치며 우리에게는 이상한 나라로 굳혀졌다. 앨리스가 겪은 일들을 떠올려 보면, 그 세계는 분명 아름답기도 하고 이상하기도 하다. 갑자기 몸이 작아졌다가 주체할 수 없이 커진다거나, 병사를 대동한 여왕이 목을 치라고 호통치는 일들은 어린 소녀가 겪기엔 너무 무서운 일인 듯하다. 반면 동물들과 다과회를 즐기거나 모든 모험이 결국 안전이 보장된 꿈이라는 점에서 알록달록한 환상의 나라로 볼 수도 있다. 이렇게 보면 어떨까. 앨리스가 머물던 공간은 관점에 따라 특성이 달라지는, 이상하고 아름다운 나라였다.

1. 끝없이 반복되는 일상들 시계바퀴 속에 갇혀 살아가는 샐러리맨

『이상한 나라의 샐러리』. 시집의 제목을 바라보자. 어리둥절한 앨리스보다는 헐레벌떡 뛰어가는 토끼가 먼저 그려진다. 금발에 파랗고 하얀 원피스를 입은 앨리스는 없다. 대신 모니터를 바라보느라 두 눈이 충혈된 채, "귀를 길게 늘여 쫑긋거리며 살아가"(「이상한 나라의 샐러리」)는 샐러리가 그 자리를 꿰찼다. 자, 우리를 이상한 나라에 데려갈 자는 샐러리다.

매일 동일한 행동을 반복한다던가 하루 두 끼만 먹는다던가 가장 두드러지는 건 활동하는 동안 소모되는 에너지로 스트레스를 생산하네 과잉 생산되어 재고가 쌓이면 간혹 발작이나 우울증세 등 기이한 행동을 보이기도 하지 효과적으로 움직이는 동안은 재고가 쌓이기 전 담배나 커피를 에너지로 전환하여 재충전하네 며칠에 한 번은 알코올을 대량 섭취하여 쌓인 스트레스를 녹이거나 토해내어 말끔히 비우기도 하네

—「샐러리맨」 부분

시인은 그런 샐러리맨을 "슈퍼맨과 인척지간으로" 여길 만큼 "초인적인 힘을 발휘"하는 사람으로 묘사하며 보통 사람과 확연히 다르다고 확언한다. 물론 그의 특성은 그다지 대단할 것이 없다. 소속을 가진 이들이라면 매일 동일한 행동을 반복할 것이며, 부족한 잠으로 아침밥을 대신하면 자연히 하루 두 끼만 먹게 된다. 그런데, 가장 보통의 일상을 보통과 다르다고 과장함으로써 샐러리의 세계는 비로소 이상해진다. 모두가 겪는 만연한 삶이 꼭 바람직한 삶은 아니기 때문이다. 하루 동안 스트레스를 과잉 생산하는 체계도, "불가능이란 없는 능력자"가 추앙받지 못하고 "딱히 누구라고 지칭하기" 어려울 정도로 저평가되는 구조도, 현실이라는 말로 삼켜내기엔, 이상하다.

샐러리가 살아내고 있는 세상은 꽤나 절망적이다. 샐러리맨은 고장 난 시계를 가지고 있어 "반복되는 고장 난 시간 속에서"(「이상한 나라의 샐러리」) "살아가기 위해 연산을 해야" 하고, "확률을 구해야"(「슈뢰딩거의 고양이」) 한다. 이 연산은 평생 끝나지 않을 것만 같기도 하다. "거대한 부자가 가난한 사내의 머리 위에 채무의 무리수 모자를" 씌워서, "돈을 제곱하여 벌어야 겨우 벗어날까"(「루트」) 싶은, 형벌 같은 삶이다. "모난 구석은 다 쳐내고/네모나게 만들어져 대량

생산되는 하루"를 살아가다 보면 사람도 생고기도 아닌 "반듯하게 가공된 스팸"(「스팸의 하루」)이 되는 삶이다.

무엇보다 샐러리는 부지런해야 겨우 보통이 될 수 있는 기형적인 구조에 살고 있다. '스팸'은 시장 점유율이 50%를 넘는 압도적인 1위 브랜드다. 통조림 햄의 입장에서 '스팸'이 되는 일은 마땅히 큰 영광이다. '스팸'이라 표기하고 다른 통조림 햄을 사용하는 일을 방지하기 위해 '스팸 인증제'가 있다는 사실을 떠올려 보면,[1] 통조림 햄 세계에서 서열이란 분명히 존재하지만, 동시에 '스팸'의 인지도가 워낙 높은 나머지 '스팸'이 곧 통조림 햄의 표준이 되고야 만 것을 알 수 있다. 다른 통조림 햄들은 인식에서 배제된 채, 1위인 '스팸'만이 살아남아 보통이 된 셈이다.

샐러리맨은 급여에 의존하는 사람을 말하여 자본가와 대비되는 자조적인 말이다. 그러나 그들의 급여 salary는 공장 근로자에게 지불되는 임금wage과는 구분된다. 고전적인 직업 가치관에서 샐러리맨은 와이

---

1 스팸의 국내 사용권을 보유한 CJ 제일제당은 2021년부터 스팸을 사용한 외식업체에 스팸 인증 마크를 부여하는 '스팸 인증제'를 시행 중이다.

셔츠를 입고 사무실에서 근무하는, 이른바 번듯한 직장을 지닌 이들인 셈이다. 자본가가 될 수 있는 확률이 극소수인 오늘날의 사회에서, 샐러리맨은 어쩌면 최선의 선택일지도 모른다. 다만 겨우 부여잡은 최선의 삶이 한순간에 '보통'의 삶이 되는 구조이므로, 샐러리맨은 가장 보통이 되기 위해 최선을 다해야 하는 딜레마에 빠진다.

2. 시간을 멈출 수만 있다면 고장 난 시계라도 좋아

좌판을 펴 놓은 채
주저앉아 사람들을 구경하는 날들
말없이 껌을 팔아요
시간을 벌어요
사람들이 쓰다 남은 시간들을
적선하듯 떨어뜨려요
그 시간들을 받아 빳빳하게 펴면
주름진 날들도 조금씩 펴져요
　　　　　　　　　　　―「껌 파는 소녀」 부분

샐러리맨은 급여를 받는 만큼, 매일 일정 시간을

회사에 내어 준다. 그러나 정해진 근무시간 외에도, 시간은 계속 사라진다. 출퇴근 이동과 식사, 또는 잠까지. 모든 시간의 쓰임은 일을 위한 준비와 충전이라 해도 과언이 아니다. 현재를 유지하기 위해, 시간을 잔뜩 쓰고 나면 나만의 시간은 없다. 이렇다 보니 종종 하고 싶은 일을 하기 위해 시간을 멈추고 싶을 때가 있다. 시간을 멈춘다면, 어김없이 다가오는 출근 시간을 미루면서 밀린 잠을 자거나 게임을 할 텐데, 하고. 이처럼 시간을 멈추는 일은 사실 나만의 시간을 만드는 일이다. 쓰임이 정해져 있지 않고, 무엇이든지 마음껏 할 수 있는 시간을.

시간을 마음대로 멈출 수는 없지만, 시간이 멈춘 것 같은 느낌을 받을 때가 있다. 앨리스가 모험을 한 탕 끝내고 돌아왔을 때, 고작 낮잠을 잔 만큼의 시간이 흘렀던 것처럼, 꿈을 꾸거나 상상의 나래를 펼칠 때는 내가 보낸 시간보다 실제로 흐른 시간이 더 적다. 시인도 상상을 적극적으로 개진함으로써 현실을 잠시 떠나 자신만의 시간을 확보한다.

이를테면 "재난 같은 하루 일과를 끝내고/드러누워"(「따뜻한 북극해」) 북극 항로를 여행하거나, 늦은 회식이 끝난 날 몽골 초원부터 바이칼 호수까지 떠돌기도 한다.(「초원의 밤」) 시인은 여기에 그치지 않고

라면을 끓이면서도 파와 달걀의 전쟁을 상상하거나
(「대파군」) 사무실의 "욕설들이 흐르는 네모난 파티
션 공간에서"도 "음악을 틀고 눈을 감"(「아무르강의
물결 소리가 들려왔지」)아 러시아 여행을 간다. 현실
에서의 시간이 재난으로 비유되며 시끄럽고 정신없이
닳아 간다면, 상상 속의 시간은 북극이나 사막, 초원
과 같이 사람이 적고 정적인 공간에 고여 있다. 시인은
일상의 순간순간마다 시간을 늘리고 고인 시간에 머
물다 돌아온다.

　퇴근길, 사람 사이에 빠듯이 겹쳐 버스 손잡이를
고쳐 잡다가도 창밖으로 우연히 석양을 만날 때, 출
근길 인파에서 벗어나 잠깐 커피를 사러 카페에 머물
때, 유독 마음이 차분해지고 생각이 비워질 때가 있
다. 이렇듯 고여 있는 시간은 휴가를 내서 부러 만들
어야 하는 시간이 아니다. 파티션 안에서도, 출퇴근길
에서도, 잠들기 전이나 잠시 드러누웠을 때와 같이, 일
상의 순간에 혼재해 있다가 잠시 나타났다 사라진다.
시인은 "살아 있는 세계와 죽어 있는 세계가 겹친/상
자 속"(「슈뢰딩거의 고양이」)처럼 샐러리의 이상한 나
라 위에 초원과 북극을 탐험하는 여행자의 원더랜드
를 살포시 겹쳐 두는 방식으로 샐러리의 삶을 이행할
힘을 얻는다.

3. 내일 오후 폭염이 덮칠 것이므로 사랑하는 사람은 절대로 껴안지 마시기 바랍니다

시집의 2부는 정중하게 사랑을 금지하는 「폭염주의보」로 시작된다. 폭염이 덮치는 오후, 포옹도 야외에서의 데이트도, 집 안에서의 정다운 대화도, 모든 온기를 내는 일들을 삼가야 한다. 과연 이상한 나라에서 사랑은 삼갈수록 좋다. 사무실에서는 일이 많든 느리든 꾸중을 들었든 칭찬을 들었든 전과 같이 동일한 태도로 일을 처리하는 것이 바람직하다. 감정의 과잉을 불러일으키는 사랑이란 현실을 헤쳐 나가는 데에 도움이 되지 않는 듯하다. 그러나 세계에서 허락되지 않는 것들은 종종 세계를 무너뜨리는 역할을 맡기도 한다.

머리 좌측이 독립을 선언했다
칼과 창으로 무장하여 콕콕 찔러댄다
졸지에 피란민이 되어
전쟁터가 된 머리를 지그시 누른다
난세에 영웅이 난다고
어린 딸이 약통을 놓는다
물을 가지러 간 사이에 보니
어린이 부루펜

과연 치열한 전선을

소강상태로 만들어 줄 수 있나

심각하게 고민하는데

물을 가져온 아이는

입을 모아 내민 채 앞에 앉는다

그렁그렁한 두 눈으로

바라보는 모습에

나는 내전 중인 머리를 잊고

웃음이 터진다

—「편두통」 전문

「편두통」은 편두통을 앓는 상황에 전쟁이라는 상상을 끼얹고 있다. 편두통이라는 현실에 끼얹은 전쟁이라는 상상은 두통을 치료해 주지 못한다. 다만 현실을 미루고 천천히 받아들일 수 있게 한다. 샐러리맨의 상상은, 어김없이 현실로 돌아와야 한다. 그러나 이 작품은 다른 방향의 결론으로 나아간다. 어린 딸이 가져다준 어린이 해열제가 두통을 잊게 해 준다. 진통제도 아닌 해열제에 두통이 낫는 일은 기적에 가깝다. 그렇지만 사랑스러운 모습을 보고 있으면 아픈 것도 잊기 마련이다. 사랑은 상대방의 세상도 내 것처럼 받아들이는 일이기 때문에, 아이를 사랑하면 아이의 세상이 종종 나의 현실이 되기도 한다. 그러니까 사랑에는 현실을 바꾸는 힘이 있다.

아기가 추락했다
지면에 퍽 부딪칠 때
신음 소리조차 들리지 않는 죽음
어린 소녀가 울음을 터트린다
끔찍한 비극에 올려다보니
베란다 창문으로 고개 내민
웃는 소악마가 보인다
분노가 치밀어 올라야 하는데
못된 아이의 장난질처럼
주변 사람들은 혀를 찬다

(중략)

그가 아래로 던진 건
소녀가 사랑하는 아기인가
말 못하는 인형인가
소녀의 비극과 소년의 장난질을
저울질하고 있을 때
울음을 그친 소녀가 때리며 말한다

미미를 괴롭히지 마

—「형벌의 무게」부분

어른의 상상이 오로지 현실을 견디기 위해 잠시 떠
나오는 것이라면, 아이에게 상상은 경험이다. 화자는
아이를 사랑하며 아이의 방식으로 상상을 내재하는
모습을 보인다. 아이가 아기 인형을 가지고 노는 것을
보면, 정말이지 진짜 아기를 돌보듯이 정성 가득한 손
길로 다뤄 놀랄 때가 있다. 인형을 뺏기기라도 하면 세
상이 무너진 듯 대성통곡을 하는데, 베란다 밖으로
던지기까지 한다면 그 마음이 어떨까. 위 작품에서 화
자는 아이에게 과도하게 이입한 나머지 아기를 내던
진 잔혹함에 분노를 주체하지 못한다. 범인에게 올라
가면서도 얼마만큼의 형벌을 내릴지 가늠하며 마음
이 무겁다. 그러나 정작 사건의 당사자는 범인을 마주
하자 울음을 그쳐 버린다. "아기"의 정체가 "미미"로
드러나는 순간 화자가 이입하고 있던 사건과 실제 사
건의 낙차가 생긴다. 이 낙차는 아이와 어른의 본질적
인 격차를 보여 준다. 어른이 아이에게 이입하는 것은
어디까지나 어른의 사고방식을 기반으로 함을, 실제
로 아이가 될 수는 없음을 여실히 드러내고 있다.

아이를 사랑하는 일은 세상을 아이의 눈으로 경험하게 한다. 아이의 기쁨이 곧 나의 기쁨이므로. 아이를 기쁘게 하기 위해 무엇이든 하고자 한다. 가령 "학교에서 돌아온 딸아이가/문지방을 넘으며 짓는 눈웃음"을 위해 "오늘도/침몰하지 않는 미소를 띠"(「침몰하지 않는 배」)운다. 또, 잭 프로스트[2]처럼 "아이들이/팔딱팔딱 좋아 뛰며 나오"(「겨울 마법사」)게 하기 위해 함박눈을 잔뜩 내리고자 한다. 이때 아이가 기뻐하는 주체라면, 어른은 아이와 함께 기뻐한다는 점에서 아이의 세상을 경험할 수 있다. 동시에 아이를 기쁘게 만들어 줌으로써 아이와는 다른 위치에 있다. 따라서 아이의 눈으로 세상을 바라보는 일은 어른과 아이, 대비되는 두 지점의 세계를 모두 인식하는 일이다.

어른과 아이, 도심 속 네온사인과 희미하게 빛나는 사막의 별(「고비사막의 별」), 보이는 세상과 이름 없는 존재들이 머무는 방(「이름 없는 방」)과 같이, 오광

---

2 잭 프로스트는 어린아이거나 백발의 청년의 모습으로 나타나는 서리의 요정이다. 드림웍스의 애니메이션 영화 〈가디언즈〉(2012)에서 잭 프로스트를 모티프로 캐릭터를 만들었는데, 장난기 많은 성격을 보여 주기 위해 잭 프로스트가 함박눈을 내려 아이들이 학교에 가지 않고 눈싸움을 하는 장면을 구성했다.

석은 대비의 이미지를 극명히 보여 준다. 시간을 팔아 급여를 받는 이상한 나라의 샐러리로 대표되는 어른이 있다면, 놀아도 놀아도 끝없을 만큼 시간이 많은 아이가 있다. 어른의 덕목이 반복되는 작업의 이행이라면 아이는 무엇이든 할 수 있는 가능성을 지녔다. 시인은 두 세계를 번갈아 조명하며 동시에 인식한다.

이는 "조명이 켜지고 무대 커튼이 열리면 춤을 춰야" 하는 어여쁜 인형과, "춤추게 하는", "인형의 주인"을 동시에 인식하는 일이다. 인형의 주인은 인형의 마음을 이해하지 못하고, 인형은 자신이 춤추는 이유를 이해할 수 없다. 그러나 무대와 인형을 동시에 인식할 때, "무대 뒤 지친 손으로 가위를" 들고 "한 가닥 두 가닥 실들을 잘라"(「인형술사」)내어 무대 밖으로 나가는 일이 가능하다.

4. 그때 나는 한 줄의 시가 됩니다

무시무시한 손톱깎이
몸이 잘리는 아이는
오싹해진 채 움츠려 울먹이죠
엄마 손톱이 칼날 같아요
칼날이 떨어지는 자리는 무서워요

걱정 말아라 엄마가 다 알아서 치워 줄게

떨어지는 손톱에 끼어

꿈들도 떨어져 나가요

—「꿈을 깎아요」 부분

손톱을 깎는 일상적인 행위도 처음 겪는 아이에게
는 잔혹한 충격으로 다가올 수 있다. 아이에게 처음
겪는 손톱 깎기는 "몸이 잘리는" 경험이고 "오싹해진
채 움츠려 울먹이"게 된다. 그러나 엄마는 "걱정 말아
라"며 꿋꿋이 손톱을 모두 잘라낸다. 큰일을 치른 후
엔 손을 꼭 잡으며 엄마의 손톱 이야기를 한다. 엄마
의 이야기를 반복해서 듣고, 여러 번 손톱을 자르면
서, "또각또각 아이의 몸을 자르는 소리"가 채워질수
록 "아이의 머리는 점점 비어" 가고, 공포의 경험도 점
차 사그라질 테다. 공포였던 경험도 듣고 배우고 학습
하며 일상으로 변할 수 있는 것이다.

아이의 세상에 들어갔다가 다시 어른의 세계로 돌
아오는 과정은 이런 식이다. 이것저것 곧잘 따르고 배
우는 아이에게 어떤 세상을 보여 줄지 무엇을 가르쳐
줄지 신중하게 고르다 보면 사실 나의 세상도 배우고
물려받은 것임을 깨닫게 된다. 세상이란 넓고 다양하
고 내 뜻대로 변하지 않겠지만 삶에서 무엇을 남기고

버릴지, 어떤 태도로 살아갈지는 배우고 학습되는 것
이다. 이때 현실은 견뎌야 하는 것에서 주체적으로 바
라보는 대상으로 변모한다.

> 해체하는 일은
> 없어지는 것들을 만지는 일
> 세상에 있던 것들을
> 흔적만 남기는 일
> (중략)
> 가끔 사라지는 것들이
> 가는 세상이 궁금해질 때가 있어
> 마치 아무것도 없는
> 캔버스 같은 곳에
> 다시 무언가로 만들어지기를
>
> ―「사라지는 것들」 부분

　샐러리맨의 이상한 나라에서 출발한 이 이야기는
아이를 사랑하며 아이의 세상으로 넘어가 또 다른
답을 구하고자 한다. "사라지는 것들이/가는 세상"은
"아무것도 없는/캔버스 같은 곳"이다. 그곳은 캔버스
이므로 무엇이든 될 수 있는 무한한 가능성을 품었지
만 아마도 아주 오래 시간이 멈춰 있을 테다. 샐러리맨은 동심을 대표하는 디즈니의 영화 〈코코〉를 경유하여 그곳을 찾아낸다. 〈코코〉는 멕시코의 사후세계 "기억의 도시"를 배경으로 한 영화다. 사람이 죽으면 기억의 도시로 가 추억 속에서 사는데, 산 사람들이 더 이상 죽은 이를 기억하지 못하고 기리지 않으면 죽은 이는 투명해지며 영영 사라진다.

사람은 죽어서 기억의 도시로 간대
산 사람들의 기억을 먹고 산대
추억 속에 살아가다 잊히면
투명해지며 사라진대

(중략)

서서히 투명해져 가다 마지막
활활 타오르는 불이 되었다가 사그라지면
그때 나는 한 줄의 시가 됩니다
　　—「기억의 도시로 떠난 시인을 생각하는 밤」 부분

기억의 도시로 간 어느 시인은 투명해지고 사그라지다 마침내 한 줄의 시가 되어 남는다. "사라지는 것들이 가는 세상"에 대한 해답으로서 오광석 시인은 시를 내놓은 것이다. 시는 "숨 막히게 변해 가는 바깥 세계를 떠난 채/은유의 숲이 되어 잊힐"(「책 속에 거미가 산다」) 운명이라는 점에서 샐러리맨의 세상과는 대비되는 곳이다. 이름 없는 자들이 모인 방이고 시간이 멈춘 곳이다. 그러나 동시에 모든 이름이 될 수 있는 자들이 모인 방이고 시간이 멈췄기에 비로소 시간이 무한해지는 곳이다. 따라서 "결코 움직이지 않을" 시집은 거미가 집 짓고 살기 딱 좋은 곳이면서도 거미 집까지 포용하여 "한 편의 시집처럼(「책 속에 거미가 산다」)" 보이게 만들 수 있다. 시인은 현실을 견디는 힘이자 상상을 펼칠 수 있는 공간, 나아가 현실을 바르게 바라볼 수 있는 방식으로 시 쓰기를 내놓은 것이다.

이상한 나라든, Wonderland든, 앨리스는 토끼굴에 빠져 많은 일을 겪은 후 다시 일상으로 돌아온다. 어른과 아이의 세계를 두루 둘러본 샐러리는 시라는 답을 얻은 후 어떻게 일상이 바뀌는가?

이상한 나라의 마지막에는 제주의 모습이 펼쳐진다. 도심과 북극, 사막, 초원, 기억의 도시를 돌아 다시 시인이 태어나고 현재도 활동하는 곳으로 돌아왔다. 제주는 여러 세계가 겹겹이 쌓인 공간이다. 4·3 사건의 비극이 있었지만 세월에 녹아 관광지로 변모했다. 시인은 비자림로, 광치기해변, 다랑쉬 마을로 돌아오며 제주 위에 드리운 겹겹의 층위를 시로 기록한다. 돌고 돌아 시인은 그가 태어난 터전의 아픈 역사를 꿋꿋이 기억하기를 택한다. "잊어 가는 4월의 기억을/다시 떠올리며"(「다시 4월 비자림로」) 적은 한 줄의 시는 "노는 아이들이 모래를 파다가" "우리 할아버지의 유해"(「광치기해변의 아이들」)를 줍듯이, 다랑쉬 마을의 대나무들이 "말 못하는 아이 대신/쉬쉬하며 말을 하"(「명도」)듯이, 시인은 끊임없이 그의 나라를 물려줄 테다. 이제 오광석이 이상한 나라에서 무엇을 들고 왔는지 분명해진 듯하다.

이상한 나라의 샐러리

2021년 12월 14일 1판 1쇄 펴냄

지은이	오광석
펴낸이	김성규
편집	김은경 김도현
디자인	김동선
펴낸곳	걷는사람
주소	서울 마포구 월드컵로16길 51 서교자이빌 304호
전화	02 323 2602
팩스	02 323 2603
등록	2016년 11월 18일 제25100-2016-000083호

ISBN 979-11-91262-81-0 04810

ISBN 979-11-89128-01-2 (세트)

- 이 책은 Jeju JFAC 제주문화예술재단 Jeju Foundation for Arts & Culture 2021년도 지역문화예술육성지원사업으로 지원받아 발간되었습니다.
- 이 책 내용의 전부 또는 일부를 재사용하려면 반드시 지은이와 출판사의 동의를 얻어야 합니다.
- 잘못된 책은 교환해 드립니다.